Meerliebe

Poesie & Gedanken

V.Quintero

ISBN:9798667555605

1. Auflage 2020

Texte: Vanessa Quintero

Umschlag- und Seitengestaltung

mit Canva Pro

für *dich*

damit ich dich

nie vergesse

INHALT

FLUT

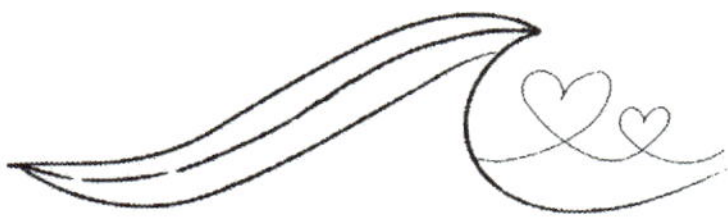

irgendwann im leben kommt eine flut
eine flut die man nicht aufhalten kann
sie kommt auf dich zu
schnell und rasant
diese flut ist die liebe

kann man sich in worte verlieben?

kann ein für immer
wirklich ewig sein
manchmal kann für immer
jahrzehnte sein
aber manchmal kann für immer
auch nur ein augenblick bedeuten

man braucht
eine chaotische seele
um kreativ zu sein

was ich am schönsten finde?
literatur
und dich

malen möchte man dich
weil du so schön bist
doch kein maler dieser welt
könnte dich so schön malen
wie ich dich sehe

ein glas rosé mit dir
und alles ist vergessen

liebes ich

bleib stark
du schaffst das
alles ist nur eine frage der zeit
die dich mit auf eine reise nimmt
und auf flügeln dahin trägt
denk daran
die flügel sind unzerbrechlich
sie bringen dich gut heim

glaubst du
worte können leben verändern?
ich glaube
man kann sich wahrhaftig in worte verlieben

wenn schon nichts
von uns übrig bleibt
dann doch wenigstens
worte

ich wünsche mir
da wo du jetzt bist
scheint immer die sonne
auf das sie dich stets wärmt
so wie deine pfote
mich stets gewärmt hat

all die
die lesen
tragen doch irgendwie
eine kleine bibliothek
in sich

liebe freundin

egal wie weit
wir voneinander entfernt sind
egal wie oft
wir uns sehen
unsere gemeinsamen erinnerungen
bleiben für ewig

du bist meine wohlfühloase
du bist mein wohlfühlort
du bist mein wohlfühlherz

für mich
bist du das buch
meines lebens
unsere geschichte
geht immer weiter
denn die letzte seite
ist noch nicht geschrieben

wenn dein herz
im regen steht
werde ich den größten regenschirm
den ich finde
zu dir bringen
und ich werde bei dir sein
bis die sonne wieder scheint

ständig entsteht ein neues kapitel
in meinem leben
ich hoffe
du hörst nie auf
es zu lesen

lieber schriftsteller

ich weiß
du wirst nie wieder etwas schreiben
das was ich aber auf ewig
von dir lesen kann
ist für mich wie mein augenlicht
danke
für deine worte und zeilen
danke
dass du deine gabe mit uns geteilt hast
danke
für etwas
dass nie vergessen wird

dein leser

wenn ich schreibe
kann ich Ich sein
wenn ich bei dir bin
kann ich Ich sein
es ist
als hätte ich einen stift genommen
und dich einfach
in mein herz geschrieben

wie eine feder
hast du mich
damals berührt
diese feder
trage ich
für immer auf meiner haut

für mich
gibt es nur die meerliebe

und deine liebe

du bist so schön
schöner als poesie
glaub mir
das ist ein kompliment
denn eigentlich
war poesie
immer das schönste für mich

damals wusste ich schon
aus uns wird eine geschichte

wenn meine
worte
zeilen
und gedichte
dich dazu bringen
an etwas zu denken
eine situation
ein erlebnis
ein gefühl
eine person
und du ein ziehen
im herzen
spürst
und dir kalt
und warm wird
deine augen feucht werden
und du eine gänsehaut bekommst
dann sollte ich wohl niemals mehr
mit dem schreiben aufhören
deswegen schreibt man doch
deswegen liest man doch
deswegen liebt man doch

ich will kein anderes herz
außer deins

in all dem stillschweigen
bist du mein schriftstück

und ich deine unterschrift

liebes zukunfts-ich

versprich mir
dass du bleibst wie du bist
für immer
frech
frei
und deinen träumen hinterherjagend

wenn ich später
im schaukelstuhl sitze
und über die dächer
der altstadt meiner träume blicke
wird mich jede einzelne kachel
jedes einzelnen daches
nur an dich erinnern

mein herz
ist doch manchmal
irgendwie immer noch
besoffen und kindisch

ändern will ich das nicht
sonst wäre ich ja wie du

du hast mir so viele schöne worte gesagt
da wusste ich

man kann sich in worte verlieben

buchstaben
kommata
punkte
worte
sätze

deine lippen
dein mund
du

du bist die olive
in meinem martini

wie der tonic
in meinem gin

du bist red bull
in meinem vodka

wie eiswürfel
in meiner weinschorle

du bist die limette
in meinem caipi

wie die minze
in meinem mojito
aber irgendwann
hat man von jedem drink zu viel
aber am nächsten tag
da kann ich wieder trinken
um 10 uhr am morgen

vanessa quintero

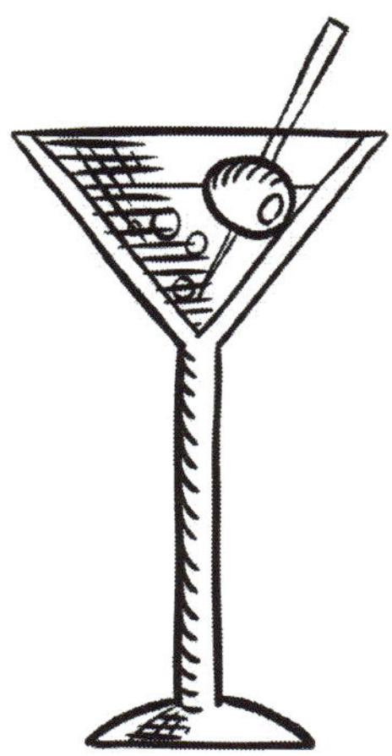

mit ihm
habe ich ein dorf aufgebaut
dieses dann zerstört
dann haben wir
eine stadt aufgebaut
diese aber dann auch zerstört

dann fanden wir eine insel
und machten diese
zu unserer

- inselleben

deine narben
erzählen für andere
vielleicht geschichten

doch für mich
erzählen sie unser leben

ich las deinen namen
auf dieser mauer
er sah so schön aus
auf den braunen steinen
er klang so schön
als ich ihn laut las
ich blinzelte
und ich sah
dass die buchstaben
nicht deinen namen ergaben

auf dieser mauer
stand nur das wort
liebe geschrieben

wenn ich meinen körper betrachte

meine haut
meine hände
meinen bauch

auf jeder stelle
kann ich erkennen
wie du mit worten
deine liebe darauf geschrieben hast

bei einer flasche wein
haben wir uns doch immer
die besten geschichten erzählt

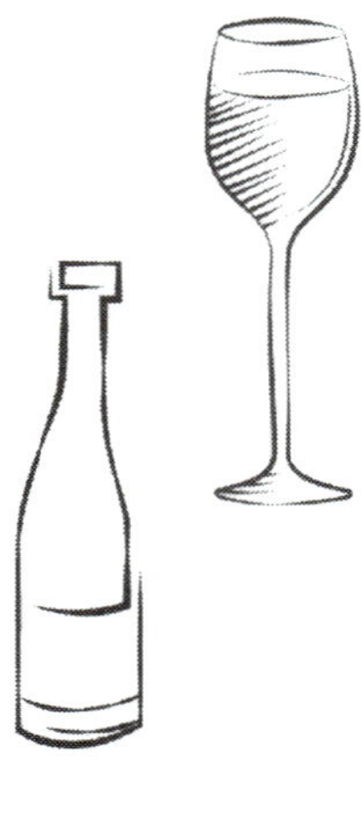

vanessa quintero

meerliebe

EBBE

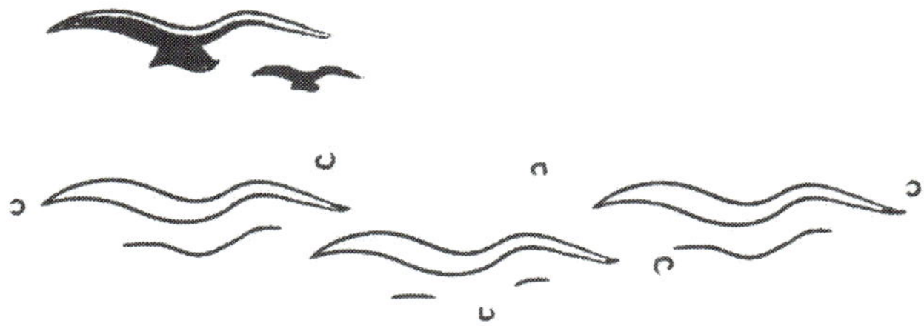

dann kommt irgendwann die ebbe
die flut ist nicht mehr da
es ist trocken und du denkst
du verdurstet
denn es gibt kein wasser
wie bei der flut
diese ebbe ist der schmerz

meerliebe

erinnerungen sind so etwas wertvolles
findest du nicht
dass sie uns am leben halten

oft bringen sie mich
für einen kurzen moment
ganz weit weg

dahin

wo ich so oft gewesen bin
wo es schön war

ich den weg dorthin
aber viel zu selten wiederfinde

wir essen doch jede lüge
jeden schein und trug
wenn unsere seele
am verhungern ist

oft bist du für mich
ein bitterer beigeschmack
ich verbrenne mir
die lippen an dir
mit zucker
versuche ich
dich süß und genießbar zu machen
du wärmst mich
aber das verfliegt

tja, aber ich brauche
meinen schwarzen kaffee

du warst mein begleiter
doch irgendwann
überholte ich dich
auf unserem weg
und ich schaute nie mehr zurück

die wichtigste nachricht
die ich dir je hinterlassen habe
war auf dem badezimmerspiegel
mit lippenstift
der nicht meiner war
doch die nachricht verlief
durch das heiße wasser
in der dusche
und du hast die nachricht
niemals gelesen
und mich für immer vergessen

ich möchte allein sein
raus in die welt
und frei sein
aber das bedeutet auch
ohne dich sein

immerzu sage ich
ich liebe dich
viel zu selten aber
liebe ich mich

selbst wenn wir uns hassen
wäre mein größter albtraum
dich je zu vergessen

früher dachte ich
wie konnte ich dich je verlieren

heute ist es so
als hätte es dich nie gegeben

die ganzen jahre
sind auf dem boden
der erinnerungen
einfach zersprungen

komm
wir sammeln sie
einfach wieder auf

nach all der zeit
kann ich immer noch nicht glauben
dass du nicht mehr da bist
aber der abdruck deiner pfote
bleibt immer in meinem herzen

in meinem kopf
regnet es

die tropfen
sind gedanken an dich

doch bald
gibt es eine

überschwemmung

ich himmle dich an
wie frida kahlo so schön sagte

und was tat ihr diego ?

die klinge deines messers
kann noch so oft
in mich eindringen

der schmerz
wird jedes mal weniger
die klinge
wird jedes mal stumpfer

und irgendwann
sind mir deine worte egal

damals wusste ich nicht
was geschehen ist
mit uns

doch ich glaube
du bist in den zug eingestiegen
als ich dabei war auszusteigen

du hast zwar mein herz gebrochen
aber da du mein herz bist
hast du dich auch irgendwo selbst gebrochen

ich kann sogar etwas vermissen
was ich niemals wirklich hatte
und das ist sicher nichts schönes

dennoch ist dich zu vermissen
besser
als dich je zu vergessen

es ist kein wirklicher abschied
wenn ich weiterhin hoffe
dich irgendwann wieder zu sehen

ich frage mich
ob ich jemals aufhören werde
dich zu vermissen
aber ich kenne die antwort bereits...

ich habe irgendwie
ein bisschen

DICHWEH

manchmal glaube ich
das was wir hatten
unsere geschichte
war noch nicht zu ende
trotzdem habe ich unser buch genommen
es mit schwung zugeklappt
und einfach ins regal gestellt
zu den anderen büchern
mit den fertigen geschichten
doch ich habe übersehen
dass es in unserem buch
noch einige unbeschriebene seiten gab
vielleicht nimmst du es ja eines tages
aus dem regal
klappst es auf
und schreibst unsere geschichte einfach weiter

du hast mich immer geliebt
du hattest es nur
für eine bestimmte zeit vergessen

- vergnügen / verletzen

du warst
ein süß schmeckender pfirsich
bis ich
auf deinen faulen kern biss

hätte ich die kippe
lieber auf deiner haut ausgedrückt
anstatt in meinem herzen
bis heute kann ich
den rauch noch riechen

-kippe gegen schmerz

liebes kerzenlicht

du schenkst mir wärme und licht
in meinen dunkelsten stunden

du sorgst dafür
dass ich meine verweinten worte und
gedanken
auf dem papier noch lesen kann

aber irgendwann
puste ich dich aus

so viele schöne sätze
und worte
werde ich vielleicht einfach
immer für mich behalten
ein geschenk an mich selbst

nur traurig für dich
wenn sie von meiner liebe
zu dir erzählen...

wenn wir doch beide
um uns weinen
warum weinen
wir dann so

weit voneinander entfernt?

auch wenn du nicht mehr da bist
in meinem fotoalbum der erinnerungen
bleibst du ewig

und jedes bild darin
bringt mich zurück
zu jedem augenblick

als deine pfote noch in meiner hand lag

irgendwann
musst auch du verstehen
dass der kaffee
in meiner tasse
längst kalt geworden ist
und ich ihn nicht mehr trinken kann
milch und zucker
retten dich auch nicht mehr

du frierst immer noch
im bitterkalten winter
und hoffst auf wohlige wärme von mir
dabei bin ich schon längst
im sommer angekommen
und bade im salzigen meer

vielleicht treffen wir uns
im frühling wieder

du bist so weit weg von mir
ich hoffe
wenn du irgendwann stirbst
du zu einer wolke wirst
der wind dich dann
zu der stadt trägt
in der ich lebe

wenn ich nach oben
zum himmel schaue
dann sollst du als regentropfen
in mein haar fallen

wie soll ich denn
seelenruhig schlafen

wenn meine seele
nicht bei mir ist?

nur du
kannst mich so in stücke reißen

und nur du
konntest diese stücke wieder aufheben
und zusammensetzen

bis du mich schließlich
auch geheilt hast

-vergebung

irgendwann

habe ich eine sache gelernt

liebe von dir

ist so selten

wie schaukelpferdscheisse

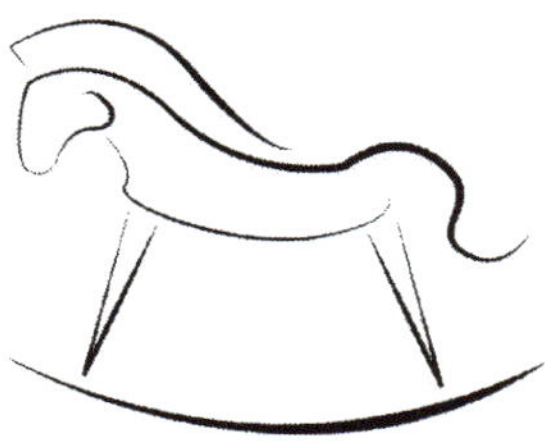

ich habe verstanden
manchmal können auch worte
keine kriege gewinnen

das brach mir nicht nur mein herz
sondern dir auch dein genick

wenn ich könnte
würde ich all die trauer
aus deinen augen spülen
sie in die erde geben
und warten
bis eine pflanze daraus wird
dann würde ich die blüten pflücken
und in deine hände legen
und sagen

- ich habe aus deiner trauer etwas schönes
gemacht

doch in wahrheit
hat mich deine trauer kaputt gemacht

ich wusste nicht
dass ich einem boot
ohne wiederkehr nachsah

so lange stand ich doch
am hafenrand und blickte
ihm nach

als ich dich traf
war ich eine stadt

groß
wild
voller ideen

als du gingst
hast du mich
als eine insel zurück gelassen

klein
leer
und einsam

die schatten der müdigkeit
in meinem gesicht
werden mich nie
vergessen lassen
wie ich mit dir
an meiner seite
wacher war als je zuvor

ich war so wütend auf dich
vor allem auf mich selbst
meine wut war ein flächenbrand
breitete sich immer weiter aus
irgendwann jedoch
erlosch meine wut
aber erst
als sie das meer berührte

ich verliebte mich
in deine worte
doch manche kämpfe
können selbst worte
nicht gewinnen

ich glaube
dich zu vermissen
ist besser
als dich zu
vergessen

jeder kaffee
den ich trinke
egal wie viel zucker
ich hinein gebe
schmeckt bitter
weil er mich an dich erinnert

meine tätowierungen
sprechen von sehnsucht nach dir
doch auch wenn ich sie mir
aus der haut
kratzen
schneiden
oder lasern würde

ich kann sie nicht aus meinem herzen
entfernen

es sei denn
du reißt es wieder entzwei

als du mich verlassen hast
konnte ich kaum glauben
wie ohrenbetäubend laut
die stille ohne dich sein kann

zurückblättern …
das macht eigentlich nur in büchern sinn …

vanessa quintero

meerliebe

MEER

über das meer gibt es nicht viel zu sagen
denn es ist wie die liebe
nur besser

ich kann nicht sagen
wie ich dich vermisse
denn wie könnte ich
je das blau
des meeres vergessen?

der mensch
an den du denkst
wenn du auf das meer schaust
ist der mensch
den du liebst

immer spreche ich
über das meer
erzähle
wie sehr ich es liebe
ja
ich liebe das meer
aber das meer für mich
bist eigentlich du

du bist mein
größter sehnsuchtsort

ich habe heimweh nach dir
du bist doch mein zuhause
öffnest du mir die tür?

hallo du

du weißt es vielleicht nicht
aber du hast mich heute
zum lachen gebracht
für dich war es nur
eine kleine sache
für mich jedoch war es
als hätte es nach ewiger zeit
mal wieder eine welle
im stillen meer gegeben

man hinterlässt doch
irgendwie an jedem ort
an dem man war und geliebt hat
ein kleines stück seines herzens

ich frage mich
kann das herz dann je wieder ganz sein?

nimm ein sandkorn
von jedem strand auf der welt
und du weißt nicht annähernd
wie vielfältig doch das leben ist
leg dich hinein
vielleicht spürst du seine wärme
wenn die sonne den sand küsst

es gibt so viel zu sehen
zu lesen
zu entdecken
zu sagen
zu probieren
und das alles möchte ich
an jedem strand auf der welt
nur mit dir

man sollte doch dahin gehen
wo man sich
am lebendigsten fühlt

man schreibt
weil das leben
ein ungegliedertes chaos ist
man muss sich sortieren
weil man nichts mehr erkennt
man schreibt
weil man liest
und gelesen werden will
man schreibt
aus sehnsucht
und gefühl
um zu leben und zu vergessen
aber manchmal
bin ich noch nicht soweit

ich tauche in einem meer
voller nichts
doch ein stift
und ein blatt papier
lassen mich wieder auftauchen
und die worte auf dem papier
sorgen dafür
dass ich nicht mehr untergehe

freiheit ist

leben an fremden orten

bis sie nicht mehr fremd sind

sich verändern

und nie mehr sein

wie man war

aber sein

wie man immer sein wollte

das ist freiheit

auf einer spitzen klippe
meiner zu ende gehenden welt
selbst dort
bleibt am ende
nur noch sehnsucht übrig

Manchmal ist es ein leichtes, flatterndes Sommerkleid aus Leinen, pastellgelb und hellblau gestreift. Oder ein langer, Karamell farbiger, kuscheliger Strickpullover im Winter. Große, schimmernde Hängeohrringe aus Perlmutt, so lang, dass sie bis zum Kinn reichen. Eine handgemachte Ledertasche in Schlangenoptik eines bekannten Designers am Handgelenk einer vorbei laufenden Passantin oder eine Halskette, so bunt, dass man direkt an den Süden denken muss und Fernweh bekommt. Eine blaue Denim Jeans, die einfach nur zum Wohlfühlen einlädt. Schuhe in die man sich verliebt, auch wenn man weiß, man bekommt Blasen in ihnen. Ein witziger Spruch auf einem Basic Shirt, von der Kellnerin im schnuckeligen Lieblingscafé an der Ecke. Eine Tätowierung, die uns zum Nachdenken bringt und Lust auf mehr macht.

Ein duftender Blumenstrauß auf der Terrasse einer guten Freundin oder eine handbemalte

Vase auf dem Balkon der Nachbarin. Der Titel des Buches, welches die alte Dame am Flughafen Terminal unter ihren Arm geklemmt hat. Eine kurvige Blondine im Jogginganzug und Zigarette. Ein Haarschnitt, den man sich nie vorstellen konnte selbst zu tragen, ihn dennoch umwerfend findet. Eine Freundin, die bei einem Kaffee mit einem lacht, obwohl sie gerade verlassen wurde. Die Arbeitskollegin, die sich nichts anmerken lässt, obwohl jeder weiß, dass ihr Mann eine andere hat.

Manchmal ist es auch kein Gegenstand, sondern der geschmeidige Gang einer Frau in ihren 30ern. Die Haltung und das Selbstbewusstsein einer Schauspielerin auf der Bühne. Die Ausdrucksweise und die Hingabe einer Autorin oder der Klang der Stimme einer Wildfremden im Zug.

Es muss nicht immer eine Tat oder ein Talent sein, was uns an anderen Frauen inspiriert, denn es gibt noch so viel mehr.

ich versuche
das vermissen zu erklären
doch durch die stärke des vermissens
kann ich nur auf das traurige meer sehen
das schiff entfernt sich
immer weiter vom hafen
bis ich nur noch einen einzigen punkt sehen
kann
dieser punkt
ist der platz in meinem herzen
der dir auf ewig gewidmet ist

ich sehe im spiegel
diesen einen ort
die häuser
die menschen
die bücher
die ich dort las
die zeilen
die ich dort schrieb
und dieser ort
schaut aus dem spiegel
immer auf mich zurück

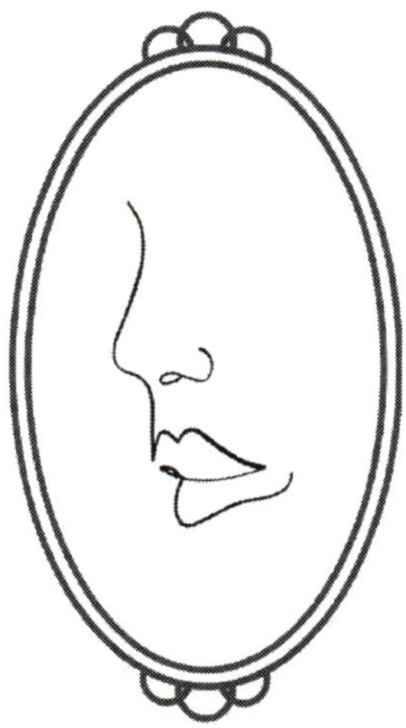

das meer ist für mich wie eine galerie
eine galerie voller kunstwerke
alle tropfen zusammen
bilden dein gesicht
ich hänge die tropfen in meinem herzen an
die wand

im café

menschen laufen durch die gassen
an mir vorbei
der geruch von schwarzem kaffee
steigt mir in die nase
der duft von zimt
umschmeichelt meine sinne
die haut der verkäuferin
von der sonne braun
ihre augen vom leben gezeichnet
geschirr in opulenten farben
ich sinke in das weiche polster
und meine sinne spielen verrückt
ich atme tief ein und schließe die augen
vor meinem inneren auge
sehe ich buntes schillerndes leben
doch als ich meine augen wieder öffne
sehe ich dich
wie du fortgehst

manchmal realisierst du
selbst wenn du zurück
in deiner heimat bist
du dein eigenes zuhause
nicht mehr wieder erkennst

jeden tag entsteht eine neue geschichte
das leben schreibt so viele geschichten
wir dürfen sie nur nicht vergessen

unendlich viele male
haben meine füße
schon den sand berührt
noch viel öfter
will ich dich küssen
bis sich meine lippen
an deinen verbrennen
so wie der sand
gepaart mit der sonne
unendlich viele male
meine füße verbrannte

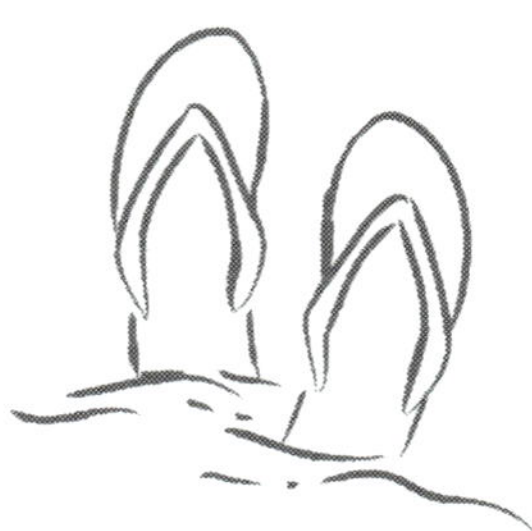

du hältst meine sehnsucht
in deinen händen
bitte lass sie endlich fallen

ich kann nicht beschreiben
wie sehr ich euch vermisse
das wäre
als müsste ich
mit nur einem wort
das meer beschreiben
auf das wir immer
gemeinsam blickten

Wie ein Märchen

Es war einmal ein kleines Mädchen... Das ganze Leben lang hatte es viele Träume, Wünsche und Ziele. Eigentlich war das kleine Mädchen aber sehr bescheiden, es wollte glücklich sein und der größte Traum des kleinen Mädchens war es, am Meer zu leben. Jeden Tag wollte es auf das weite Meer hinausschauen. Es wollte sich einfach nur frei fühlen. Nicht eingesperrt sein, anders sein als alle anderen. Anders war es schon immer. Es tat nie das, was es sollte, sondern immer das, was es wollte. Am Meer zu leben, glücklich und frei zu sein, konnte doch nichts Schlimmes oder Böses sein, dachte sich das kleine Mädchen. Als das kleine Mädchen dann alt genug war, ging es weit weg von seinem zu Hause. Es lebte endlich da, wo es immer leben wollte. Am Meer. An einem Meer so blau, dass man es mit keinem Wort beschreiben

konnte. Es war viel blauer und schöner, als es sich das kleine Mädchen je vorgestellt hatte. Es liebte das Meer mehr als alles andere auf der Welt. Doch eines Tages schaute das kleine Mädchen auf das Meer und wurde traurig. Es vermisste seine Familie. Mama, Papa, Tante, Onkel... also beschloss es, zurück nach Hause zu gehen.

Es dachte, dann wäre es nicht mehr traurig. Aber das Zuhause, was es kannte, war nicht mehr das Zuhause von damals. Es war anders, hatte sich verändert. Wieder wurde das kleine Mädchen traurig, bis es merkte, nicht das alte Zuhause hatte sich verändert, oder die Familie. Nein, das kleine Mädchen hatte sich verändert und war nun nicht mehr klein, es war groß geworden. Das kleine Mädchen, war nun ein großes Mädchen. Also beschloss das große Mädchen , wieder am Meer zu leben und als es zurück ging, bemerkte es, dass das Meer blauer war als je zuvor...

auch wenn der regen
so stark auf mich nieder prasselt
dass es weh tut
die sonne
meine vom meer gesalzene haut
verbrennt
die wellen mir in den rücken schlagen
nichts tut so weh
wie der windzug
den ich spürte
als du für immer von mir gingst
ich hoffe
da wo du jetzt bist wird dich
der regen erfrischen
die sonnenstrahlen wärmen
die wellen deine füße kühlen
und der wind soll dich an mich erinnern

während andere über das auswandern reden
ganze bücher darüber schreiben

da packe ich
jedes jahr meine koffer

und gehe einfach

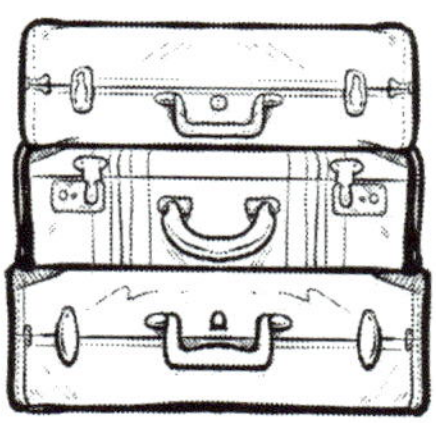

ich glaube das gefühl
welches am besten beschreibt
was ich fühlte
als du von mir gingst
ist das gefühl
unter wasser zu sein
nichts mehr zu hören
und nichts mehr zu spüren
einfach alles zu vergessen
woran ich glaubte

dann bin ich wieder aus dem wasser
aufgetaucht
und alles war anders

wenn ich den weißen schaum
des meeres sehe
wie er die sandkörner küsst
komme ich nicht umher
meine zehen hinein zu halten

ich stelle mir vor
der meeresschaum umkreist
die felsen
die aus dem sand ragen
umspült die muscheln

es fühlt sich an
wie wenn deine finger
mein gesicht berühren

liebes meer

deine farbe
deine wellen
deine düfte

du auf meiner haut

ihr seid für mich eine philosophie

ist es nicht eine schöne vorstellung
ich laufe am meer entlang
sehe nichts als blau und türkis

und meine füße berühren
die muscheln
die auch du einst berührt hast

ich hebe die muscheln auf
und will sie mitnehmen

doch dann werfe ich sie so weit ich kann
zurück ins meer

das ist wie abschied nehmen von dir

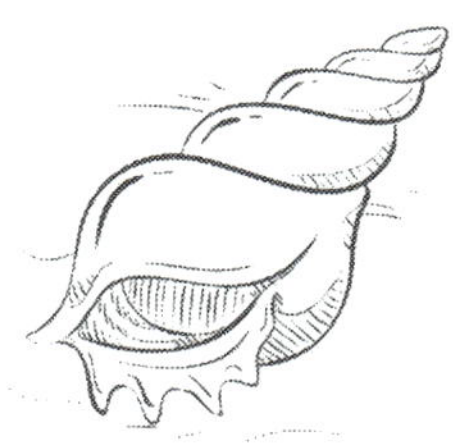

jetzt sitze ich hier
und schaue aufs meer

du bist dort
und ich bin hier

ich wusste schon immer
es gibt kein wir

die idee
dass deine füße
die gleichen sandkörner berührten
wie meine füße

lässt mich sogar
den heißen
glühenden
sand
in der mittagssonne
bei 40 grad ertragen

nur damit ich dir nah sein kann

jede welle des meeres
erzählt für mich eine geschichte

egal wie hoch
wie groß
wie blau
wie dunkel

solange es wellen im meer gibt
werde ich mich an dich erinnern

sogar bei ebbe

wenn ich einen seestern sehe
einsam am strand angespült
kommt es mir so vor
als würde er mir zuzwinkern

denn er kennt unsere geschichte
denkst du
er würde den anderen meeresbewohnern
von uns erzählen
wenn ich ihn streichle
und zurück ins meer werfe?

aber er hat das meer doch auch so sehr geliebt
wie ich ....

und ich berühre die muscheln
die wir einst zusammen
am strand gesammelt haben

so lange es wellen im meer gibt
werde ich dich lieben

ich schmecke immer noch
das salz in meinem mund
weißt du noch
als ich ins wasser gefallen bin
ins salzige meer
du hast mich nicht mehr gehalten
du hast mich ertrinken lassen
doch dann hast du irgendwann
selbst das salz geschmeckt
denn du bist mit mir ertrunken

wenn ich eine muschel
an mein ohr halte
höre ich nicht nur
das rauschen des meeres
ich höre auch deine stimme
die mir zuflüstert

- alles wird gut

nichts ist gleichzeitig
so schön
und so schmerzhaft
wie

fernweh
meerweh
dichweh

das einzige was ich brauche
ist ein glas rosé
das meer
und dich

und dann wird der zeitpunkt kommen

da gehe ich wieder zurück

zu dir

mein meer

meerliebe

über die autorin:

vanessa quintero, geboren 1989 in dortmund, lebte sechs jahre in palma, mallorca. sie schreibt über liebe, schmerz, sehnsucht und das meer. inspirieren lässt sie sich von ihren erfahrungen in spanien und den gedanken, wenn sie auf reisen ist.

Printed in Poland
by Amazon Fulfillment
Poland Sp. z o.o., Wrocław

92331955R00089